21

22 Decembre 1855

NOTICE

D'ESTAMPES

ANCIENNES & MODERNES

OUVRAGES A FIGURES & DESSINS

Provenant du Cabinet de feu M. D...

DONT LA VENTE AURA LIEU

HOTEL DES COMMISSAIRES-PRISEURS

RUE DROUOT, 5,

Salle n° 5, au 1er étage,

Le Samedi 22 Décembre 1855.

heure de midi

Par le ministère de Me **DELBERGUE-CORMONT**,
Commissaire-Priseur, rue de Provence, 8,

Assisté de M. **VIGNÈRES**, marchand d'Estampes,
rue de la Monnaie, 15, à l'entresol ; entrée rue Baillet, 1.

CHEZ LESQUELS SE DISTRIBUE CETTE NOTICE.

On pourra voir les Estampes avant la vente de 11 heures à midi.

PARIS
MAULDE & RENOU
IMPRIMEURS DE LA COMPAGNIE DES COMMISSAIRES-PRISEURS,
rue de Rivoli, 144.

1855

ORDRE DE LA VACATION.

204 à 220.
1 à 203.
Dessins, 221 à la fin.

La vacation étant très chargée,

On commencera à une heure précise.

ABRÉVIATIONS :

P. pièce.
(C. de V.) Catalogue de Veze.
Epr. épreuve.
l. l. la lettre.

CONDITION DE LA VENTE.

Cinq pour cent en plus des enchères, applicables aux frais.

M. Vignères, faisant la vente, se chargera des commissions.

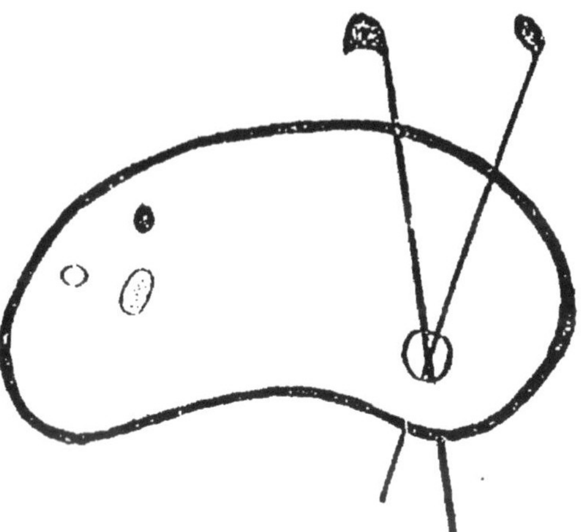

FIN D'UNE SERIE DE DOCUMENTS
EN COULEUR

Duchesne	Rabusson	Mayet	O	Henry	P	Rey	Auby
			6				
				1			
3							
1							
			1				
	3						
	1						
	1						
	1						
	1						
1							
3 50							
8 50	7		7	1			

DÉSIGNATION

DES ESTAMPES

1 **Adam** (V.). D'après Seurre. Fables de La Fontaine, collection de 32 p. lithog. avec teinte.

2 **Alken** (H.). Les sept âges de l'homme, d'après Shakspeare, 7 p. lithog. coloriées. London.

3 **Antiques**. De Bouillon, etc., 180 p. environ.

4 **Atoch**, amateur. Paysages à l'eau-forte, 7 p., dont 3 non décrites au (c. de v.). Rares.

5 **Aubry** (C.), d'ap. Ambert. Esquisse de l'armée française, 13 p. et texte.

6 **Audouin**, d'ap. Gros. Portraits de Louis XVIII en manteau royal. Très belle ép. avant l. l.

7 — Le même avec l. l. Belle ép. toute marge.

8 **Audran** (B.). Les sept Sacrements, d'après N. Poussin, 7 p.

9 **Audran** (G.). Le plafond de Sceaux, en 5 feuilles, d'après Le Brun. Belles épr., toute marge.

10 **Audran** (L.), d'ap. Bourdon. Œuvres de miséricorde, 3 p. Belles ép., marge.

11 **Aubry-le-Comte** et Girodet Trioson, 1822. Ariadne et Erigone, deux très belles épr.

12 **Balze**, d'ap. Ingres. Tête d'odalisque lithographiée. Rare.

13 **Bartolozzi**. Vierge au poisson, d'après Raphael.

14 Bartholozzi, Cipriani et autres, 18 p.

15 **Basan**, d'ap. Vigée. Nicodème; c'est le portrait en pied de Dourdet du théâtre de la foire.

16 **Bastard** (publié par M. le comte de). Librairie de Jean de France, duc de Berry, frère du roi Charles V, deux livraisons de 8 pl. in-fol. noir, 1834.

17 **Bause**. Portrait de Frege et le Persien, 2 p.

18 **Bervic**. Portrait de Louis XVI, première ép. avant la planche coupée.

19 **Blot**. Le Dauphin et Madame, enfants tenant un nid d'oiseau, d'après mad. Lebrun. Belle épreuve toute marge.

20 **Boissieux**. Suite de dix paysages.

21 — Écrivain, et les grands tonneliers, 2 p.

22 — Vieilleur de la main droite.

23 — Vue du pont Lucano.

24 — Dernière planche, 1809.

25 **Bolswert**, d'ap. Van Dyck. Le Christ au roseau.

aubry	Duchesne	Rabin	M.	O	Llerny	P.	Ray	
	8.50	7	1.50	7	1			
	1							
1								Viy
	1							
		4						Viy
					1.75			
	2							
								Vj
			1					Viy
			3.50					
1X	6							
			1					
			1					
			1.50					
			2.75					
			1.25					
		11.50						
1	18 50	22 50	13 50	7	2 75			

	Duchesne	Rabus	M.	O	Harris	P.	Rey
	18 50	22 50	13 50	7 18	2 75		
V			9 50				
			2 75				
				1			
V	5						
				× 1 50			
				2 25			
						4	
•	3 50						
	3						
V	2 50						
+			1 25				
	1 25						
V		2 50					
			2				
				2			
				2 75			
				2			
				2 75			
	33 75	25 ..	29 00	39 25	2 75	4	

26 **Bonnard** et autres. Costumes de dames, etc., 28 p.

27 **Callot**. Les misères de la guerre, 18 p.

28 — Combat à la barrière, entrée de Son Altesse, de M. de Macey, etc., 7 p.

29 **Canuti**, d'ap. Girolamo Pennuchi. Huit sujets de la vie de saint Antoine de Padoue. Bologne.

30 **Caricatures** anciennes, 16 p.

31 **Cathelin** et autres. Portraits de Stanislas roi de Pologne, Caylus, Fontanieu, Racine, 4 p.

32 **Caussé**. Album du marin, 36 p. lithog. et texte oblong.

33 **Chardin** (d'ap.). Bénédicité et gouvernante 2 p.

34 **Chenu**, d'ap. Téniers, Ostade, 18 p.

35 — D'ap. Boucher, Pierre, etc., 20 p.

36 — Portrait de François Ier, Henri IV, etc., 20 p.

37 **Chevillet**, d'ap. Terburg. La santé portée.

38 **Claussin**, d'ap. P. Potter, Boissieu, 11 p.

39 **Collyer**, d'ap. Téniers. Dutch Pastime. Fête villageoise, belle ép., marge.

40 **Corvinus**. Les conquêtes, douze batailles d'ap. Rugendas, cartonné.

41 **Costumes** militaires, époque Louis XV, maniement du fusil, 27 p.

42 Costumes du Tyrol, 40 p. coloriées.

43 — du grand duché de Toscane, 50 p. coloriées.

44 — des Etats du pape, 30 p. coloriées.

45 Costumes divers, danse, etc., 23 p.

46 — par H. Lecomte, 56 p. couleur.

47 — d'ap. Watteau et autres, 8 p.

48 Recueil de costumes français depuis Clovis, livraisons 2 à 37. Le n. 32 manque et 34 est double.

49 **Coypel** (A.). Triomphe de Vénus et Cupidon et Psyché, d'ap. lui par Audran, 2 p. cartonnées.

50 **Cranach** (Lucas). Le jugement de Pâris, B. 114. Bonne ép.

51 **Cunego**, d'ap. Raphael. Portrait de la Fornarina. Belle ép., grande marge.

52 **Daret**. Portrait de Du Verger de Hauranne, sur satin.

53 **Delafosse**, d'ap. Carmontelle. La malheureuse famille Calas. Belle ép., marge.

54 **Delaunay**, d'ap. Téniers. Reniement de saint Pierre, avant l l

55 **Demarcenay**. La forêt et la cabane, 2 p.

56 **Demarteau**, etc., d'ap. Boucher, Huet, etc. à la sanguine et en couleur, 12 p.

57 Demarteau et autres, d'ap. Boucher, Huet, Leprince, 11 p.

58 **Denon**. Eaux-fortes faites au Caire et lithographiés par lui, 52 p.

59 **Descourtis**. Vue de l'île Louviers à Paris, gravée en couleur, glomisée.

60 **Desnoyers**. La belle jardinière, d'ap. Raphael, Très belle épreuve, toute marge.

61 **Desnoyers**. François Ier et sa sœur. Très belle ép., lettre grise, toute marge.

Duchesne	Rabus	M.	O	Henry	P.	Ray
33 75	25	29	39 25	2 75	4	
			3			
			2 75			
23 50						
	1					
		7 50				
		1 25				
1 50						
		1 75				
	1 75					
		1				
14 50						
[illegible]					15 50	
			2 50			
		1				
29						
	16					
102 25	43 75	41 50	47 50	2 75	19 50	

	Duchesne	Robin	M	O	Henry	P.	Ray
	102 25	43 75	41 50	47 50	2 75	19 50	
			1				
V	16						XX
	3.50						
V	4						
|	9.50						
	5						
	3 50						
				6			XX
		8					
	3						
						3.50	
	146 75	51 75	42 50	53 50	2 75	23 ..	

62 **Dietricy**. Les bergères sortant du bain. Belle ép. avec marge.

63 **Drevet**. Adrienne Lecouvreur, d'ap. Coypel, belle ép. avec marge.

64 **Dubois-Maisonneuve**. Instruction à l'étude des vases antiques, in-fol. et 6 feuilles de texte, pl. n. 1 à 86, manque 47 à 59, 71 et 72 (71 pl. en tout).

65 — Peintures de vases antiques, 72 pl. et texte.

66 **Ducloux** de Lyon. Le bélier, la vache et le veau, les chèvres, les acqueducs de Bonnant, le combat de taureaux, 5 p., eaux-fortes sur papier de couleur rehaussées de blanc.

67 **Dunouy**. Paysages à l'eau-forte, 32 p., dont plusieurs rares avec remarque.

68 **Dupont** (Henriquel). Portrait de madame Feuillet de Conche, 2 ép. dont une sur Chine.

69 **Durand-Brager** (d'ap.). Sainte-Hélène. Translation du cercueil de l'empereur Napoléon à bord de la frégate la *BellePoule*. Histoire et vues pittoresques de tous les sites de l'île et portraits en pied, 20 p. et texte in-fol. Bel ouvrage dédié à M. le baron Gourgaud.

70 **Earlom**, d'ap. Rubens. The Fig. Belle composition avec nature morte.

71 **École de Fontainebleau**, 11 p.

72 **École flamande**, etc., d'ap. Rubens, Téniers, Vouveramns, 21 p.

73 **École française**, d'ap. Moreau et autres, 23 p.

74 — Sujets grâcieux, les sabots et l'esclave heureux, 2 p., anciennes ép.

75 — Baudouin, Fragonard, Poussin, 19 p. école italienne, 6 p., en tout 25 p.

76 **École italienne**. Les trois grâces, etc., 13 p.

77 **Edelinck** (G.). La Sainte-Famille, d'après Raphael, les armes effacées, belle épr. avec marge.

78 — Portrait de Louis XIV, in-8, belle ép.

79 **Fac simile** d'estampes de 1464. Vierge dorée et coloriée, et saint Bernard, 2 p. rares tirées à 25 ép. seulement.

80 — de Nielles, dont un sur papier d'argent, 9 p.

81 **Favart** (C.-A.), amateur vivant, eaux-fortes datées 1818 à 1820, figures d'ap. A. Durer, tête de mouton d'ap. P. Potter et autres d'ap. Perugin, Raphael, 12 p. rares.

82 **Flequet**. Portrait de Voltaire, avec marge.

83 **Forster**, d'ap. Raphael. Les trois Grâces, belle épreuve.

84 **Gaillard**. Sylvie délivrée par Amintè, d'après Boucher. Très belle ép., grande marge.

85 **Galerie Lebrun** et autres, 14 p.

86 **Galerie** du Palais-Royal en liv., 39 p.

87 **Garneray**. Vues des côtes de France, livraisons 1 à 7 et 11, en tout 8 liv. de 4 pl. et texte.

88 **Gaultier** (Léon). Allégories très curieuses, 2 p.

Duchesne	Robes	M.	O	Hem	P.	Rey
146 75	51 75	42 50	53 50	2 75	23	
2						
					2.25	
					1.75	
1.50						
8						
			× 4			
3						
2.25						
2.25						
0.00		1.50				
			10.50			
12.50						
4						
8.50						
3						
					1	
193 75	51 75	44 00	68 ..	2 75	28 ..	

	Durkheim	Rabier	Abl	0	Meuris	P	Rey
	193 75	51 75	44 00	68	2 75	28	
	1 25						
	1						
	1						
	3						
Vi							
Vi			1				
	3 75						
			1 50				
			3 25				
V1	1 75						
	1						
V	1						
		1 25					
	7 50						
		4					
	206 00	57 00	49 75	68	2 75	28	

89 **Gautier.** Sujets de fruits, etc., imprimés en couleur, 3 p.

90 **Girardet** (C.), d'après N. Poussin. Testament d'Eudamidas, ép. Chine.

91 **Girardet** et autres. Costumes turcs, 24 p.

92 **Hayter** (G.). Buste de vieillard feuilletant un livre, 1813, — portrait d'homme, 1819, — titre d'album, 1823, — Schedoni, 1824, — jugement de W. lord Russel, in-fol. et l'explication, 1825, — 6 belles eaux-fortes, rares.

93 **Hogg** et autres, John Howard et The Miser, 2 p.

94 **Holbein** (Œuvre de). Triomphe de la mort, gravé par Mechel, 14 pl. et texte, petit in-fol.

95 **Hollard.** Portraits de femmes, 3 p.

96 **Hopfer** (D. et J.). Jésus-Christ bénissant la Vierge, entourée de saints et de saintes, B. 10, en 3 planches, et le panneau d'ornement aux têtes de mort, B. 74.

97 **Hutin.** Les sept œuvres de miséricorde, 7 p.

98 **Imbard.** Tombeau de Louis XII, 9 p. et texte, vues du Vivarais, 10 p. lithog., en tout 2 cahiers.

99 **Ingouf** jeune, d'ap. Lesueur. Saint Bruno, 5 p. à l'eau-forte.

100 **Jazet**, d'ap. Roehn. Louis XVI recevant le duc d'Enghien au séjour des bienheureux.

101 **Jeaurat.** La peinture, l'histoire, la musique, etc., 6 p.

102 **Jode** (P. de), d'ap. Jordaens. Adoration des bergers, belle ép. avec marge.

103 **Juster** (Joseph). La Vierge aux fleurs, d'ap. L. da Vinci.

104 **Klauber**. Portrait d'Allegrain, sculpteur. Belle ép.

105 **Kolbe** (C.-W.). Paysages à l'eau-forte, 8 p. in-fol.

106 **La Belle**. Jardins d'Italie, 4 p.

107 **Lacauchie**. Portraits d'actrices, mesdames Albert, Déjazet, Doche, C. Grisi, Nathalie, Plessis, Plunket, Rachel, Stolz, 9 p. Chine rares, grand papier.

108 **Larmessin**, d'ap. Lancret. Les quatre âges : enfance, adolescence, jeunesse, vieillesse, 4 p.

109 **Leclerc** (Séb.). Puer parvulus, la démolition du temple de Charenton, 4 p. des jeux de lansquenet, trictrac, etc., siéges, costumes, paysages etc. 81 p., pourra être divisé.

110 **Leisnier**, d'ap. Raphaël. Portrait de Marc-Antoine Raimondi, ép. avant l. l. avec dédicace de l'auteur.

111 **Loir** (A), d'ap. Le Brun. Massacre des innocents, en 2 feuilles.

112 **Loutherbourg**. La vache et l'ânon, ép., grande marge.

113 **Mandel** (E.). Portrait de Titien, d'ap. lui-même, belle épr.

114 **Martini**. Exposition au salon du Louvre en 1787.

115 **Meeken** (d'ap. J. Van). La grande Crosse, belle ép. avant l. l., papier de Chine.

	Duchemin	Rabus	M	O	Henry	P	Rey
	205 00	57 ..	49 75	68	2 75	28	
	1 50						
			1 50				
				12 50			
XII	1				10 ..		
			11 .				
				x 5 50			
				1 .			
		1 75					
				x 1 25			
				3 .			Viij
XIII							1 25
	2[illegible]7 50	58 75	62 25	91 25	12 75	28	

	Durham	Rabus	M.	O	Herr.	P.	Bey
	227 50	58 75	62 75	91 25	12 75	28 ..	1 25
	2						
	1						
	7						
V							
VI	.						
	.						
	4						
	20						
	25.						
	9.50						
	5.50						
			15				
	2						
	4.50						
Vg	3.25						
	3..						
	304 75		~~70 .. 25~~ 77 25				

116 **Mellan**. Tête de Christ d'une seule taile, très belle épreuve.

117 — Deux pièces, le Christ au tombeau, etc., 3 p.

118 **Metzmacher**. Ornements gravés par lui et sous sa direction, 12 p. avant la lettre. Rares; presque toutes avec la signature au crayon.

119 **Millin**. Pierres gravées inédites, papier fin, livraisons n. 1 à 7, de 10 pl. chaque.

120 — Description d'une mosaïque antique, des scènes de tragédies, 1819, 18 pl. coloriées avec texte.

121 — Ægyptiaques, — l'Oresteide.

122 **Musée Revell** en feuilles, épreuves avant l. l., 125 feuilles à 9 sujets, 1,125 sujets.

Cet exemplaire est peut être unique.

123 — Le même, classé par école et par maître, renfermé dans 21 boîtes contenant 940 p.

124 — Le même, en 130 livraisons séparées et 130 feuilles.

125 **Musée royal**. Le prix de l'arc, triomphe de Vespasien et autres, 15 p.

126 **Nanteuil**. Portrait de Louis XIV, R. D. 155, premier état.

127 **Nanteuil**. J. Le Coigneux et autres, coupés, 5 p.

128 — Ch. Paris d'Orléans, F. J. d'Alençon, par Vallet, 2 p.

129 — Colbert, Fouquet, Lamothe, Letellier, Longueville, Louis XIV, Séguier, 7 p.

130 — Amelot, Blondeau, etc, coupés, 13 p.

131 **Nether**, d'après Norblin. Œuvre complet, têtes et figures à l'eau-forte, 21 p. plus 5 doubles.

132 **Oesterreich** (Mat.). Raccolta di XXIV caricature, gravées d'après les dessins de P. L. Ghezzi, conservateur du cabinet du roi de Pologne 25 p., toute marge.

133 **Oortman**. Vignettes avant l. l., 10 p.

134 **Ostade**. L'homme appuyé sur le bas de sa porte, B. 9, fête sous la treille, B. 47, 2 p.

135 **Ottley** (W.). Série de planches, d'après les maîtres de l'école florentine, 1 vol. in-fol. de 54 p. proof avec texte anglais et français, 1826, cartonné.

136 **Ozanne**. Vaisseaux divers, 12 p.

137 **Park**. M. Holman et miss Brunton dans Romeo et Juliette, manière noire.

138 **Pelletier**, d'ap. Pierre. Marché aux poissons, belle ép. toute marge.

139 **Pensée** (Ch.). Orléans, album guide, 30 vues à deux teintes avec texte in-4.

140 **Perelle**. Vues de ports de mer, 12 p. avec l'adresse de Visscher, vues de châteaux-forts, 6 p. avec l'ad. de Wit, 18 p.

141 **Phothographie**. Porte rouge à Notre-Dame, grand in-fol., par M. Le Secq.

142 Phothographie et lithographies, 11 p.

143 **Picart** le Romain, d'ap. Dominiquin. Sainte Cécile, belle ép.

Duchesne	Rabus	M.	O	Hem	P.	Reyns
314 25	58 75	77 75	91 25	12 75	28	1 25
3						
14 50						
1 75						
		1 75				
45						
			1			
	1					
		1				
			2 25			
		1 50				
3						
					2 25	
		2 25				
381 50	59 75	83 75	94 50		30 25	

frais 17-1/2

	Aubry	112 50 18 70 93 80 12 60 81 20 1 20 80		
80	Mayer		payé 90	112 50
voir 92.25 6.65	O.		payé	111 75
	Rabusson	111-25 19 50 91.70 1 70 90	payé 1.70	111 25
	Hervey	38.75 6.55 32.20	payé	38 75
	P.			49 50
570.65	Duchesne Bordereau 38.35	748.00 129 65 618 50 2 50 618 85	2 50	748 00
	Maistre Le Cadre	12 50 2 15 10.35		12 50
67.	Reynard			81 25
				f 1259.50

Duchesne	Robin	M.	O	Henry	P.	Rey
381 50	59 75	83 75	94 50	12 75	30 25	1 25
11						
	1					
		1				
5						
15						
viii 21						
						XX
	2					VII
					2 75	
4 75						
4						
6						
5						
				8 ..		
5						25E
3						
	1 50					
3 25						
	6					
			3 25			
464 50	70 25	84 75	97 75	20 75	33 ..	

144 **Piranesi**. Le Vatican, les colonnes, vues de Tivoli, etc., 33 p., belle ép.

145 **Pitteri** (M.). Le Sacrement de baptême.

146 **Pleginel** (Martin), 1594. Petits sujets d'animaux pour les orfèvres, suite de 6 p.

147 **Portraits** divers, 60 p., deux lots.

148 Portraits pour madame de Sévigné, avant l. l., 24 p.

149 Portrait de Toussaint-Louverture. Rare.

Tout saint en général ne fait pas miracle.

150 Portraits d'ap. Van Dyck et autres, 8 p.

151 Portraits, par divers graveurs, coupés, 14 p.

152 — par van Schuppen, etc., coupés, 17 p.

153 — Napoléon, Marie-Louise, etc., 22 p.

154 — Orateurs chrétiens et autres, 44 p.

155 — Acteurs et actrices anglais et français, 50 p.

156 — Galerie médicale, par Vigneron, 6 liv. de 4 portraits lithog. avec texte.

157 — Les illustres français, eaux-fortes, 54 p.

158 **Ravenet**, d'ap. Sal. Rosa. L'enfant prodigue, belle épr.

159 **Raymond**. Projet d'un arc de triomphe, le portrait et 6 pl. au trait avec texte in-fol.

160 **Regnault**, d'ap. Fragonard. La fontaine d'amour, belle ép. avec le grand titre tracé à la pointe, marge.

161 **Reynolds** (W.), d'ap. Bonnington. L'antiquaire, les adieux, la grand-mère, l'attente, 4 p. avant la lettre, dont 3 papier de Chine.

162 **Ribault**. Portrait de Marie-Louise, d'ap. Bosio, très belle épr., toute marge.

163 — Portrait de Bernardin de Saint Pierre, très belle épr. avant toutes l., toute marge.

164 **Rigaud**. Vues de Paris, 3 p., anciennes ép.

165 **Roger**. Le roi de Rome, d'ap. Prudhon, belle ép. sur papier de soie, marge.

166 **Rousselet**, d'ap. Poussin. Moïse tiré des eaux du nil, Rebecca à la fontaine, et Pyrrhus, par Chasteau, 3 p., belles ép.

167 — D'après le Guide. Les travaux d'Hercule, 4 p., très belles ép.

168 — et autres, d'ap. Raphaël, Corrége, etc., 4 p., belles ép.

169 — et autres, d'ap. Dominiquin, Lanfranc, etc. 12 p., belles ép.

170 **Ruhierre**. Promenade aux Tuileries, d'ap. H. Monnier, 1822, Arcole, etc., 3 p. avant l. l., Chine.

171 **Saft-Leven** (H.). La femme traiant la vache, B. 34.

172 **Saint-Aubin**. Barthélemy, Louis XVI et Marie-Antoinette, 6 p., belles ép.

173 — Portrait de Necker, belle ép.

174 **Savart**. Portrait de Louis XIV, belle ép. encadrée.

175 **Silvestre** (J.). Petites vues de Liancourt, 10 p., belles ép.

176 Silvestre et autres, 28 p.

Durkheim	Reber	M.	O	Hem	P	Rey
464 50	70 25	86 75	97 75	20 75	38	1 25
1						
1 50						
		3 50				
12						
4 50						
2 ..						
5 50						
5 ..						
1						
		1 .				
2 .. 50						
		1 , 25				
2						
		3 , 25				
			× 1 50			
498 50	70 25	93 75	99 25	20 75	33 ..	1 25

	Dachem	Robin	M.	O	Herven	P	Rey
	491 50	70 25	93 75	99 25	20 75	30	1 25
	3 25						
			3 50				XII
	3 25						
	37 ..						XXV
V							
			1				
	13 50						
				4 00			
				2			
				2			
				4			
	2 50						
	7 ..						VI
	1 50						
					1 ..		
					4 50		
					2		
					7 50		
					1 50		
						6 ..	
	13 ..						
		40 ..					
	572 50	110 25	98 75	111 75	37 25	39	1 25

177 **Strixner** et Piloty. Fac-simile divers, 12 p.

178 **Sujet historique.** Départ de Charles II, stuart de Hollande, 1660. Amsterdam, Danckerts.

179 Sujets historiques divers, 16 p.

180 **Ulmer**, d'après Van der Helst. Les bourguemestres donnant les prix de l'arc, et portrait d'ap. Van Dyck, deux très belles ép. avant toutes l., toute marge.

181 **Vernet** (d'après J.). Les baigneuses, par Dalechan, vue des Appenins, par Ouvrier, 2 p.

182 **Vernet** (H.). La Henriade, 12 sujets lithog. et 28 portraits, par Mauzaise, 40 p.

183 **Vignettes** anglaises, 30 p., 2 lots.

184 Vignettes françaises, dont grand nombre avant la lettre, 118 p., 2 lots.

185 Vignettes et vues, 30 p.

186 Vignettes, culs-de-lampes, etc., 31 p.

187 Vignettes diverses, 90 p.

188 Vignettes anglaises, têtes, vues, 26 p.

189 — Sujets du théâtre de Shakespeare, 50 p.

190 — Scènes d'Arlequin et Pierrot, 5 p.

191 — — de théâtre, anciennes et modernes, 67 p.

192 — — de danses, polka, etc., 40 p.

193 — de la Bible de Furne, avant l. l., et autres, 14 p.

194 **Visconti** et Mongez. Iconographie grecque et romaine, 4 vol. in fol., contenant 123 planches.

195 **Volpato** et Morghen. Les voûtes du Vatican, 8 p., dont 4 sont à petites marges.

196 **Waterlo**. Pan et Syrinx, B. 128.

197 **Watteau** (D'ap.). Lancret. Le conteur de fleurettes, les oies de frère Philippe, etc., 7 p.

198 Watteau (D'ap.). Têtes par Filleul et Boucher, 8 p.

199 **Wille**. Le petit physicien.

200 — Portrait de Marg.-Elis. de Largillière.

201 — La cuisinière hollandaise, belle ép.

202 **Wille**. Observateur distrait, ménagère, tante de G. Dow, philosophe, etc., 6 p.

203 **Wyngaerde** (F. Van), d'après Rubens. L'orgie, le Satyre dormant près des verres, 2 p., belles ép.

204 Ecritures, charades, rebus, 25 feuilles.

205 Vues et plans pour le *Jeune Anacharsis*, 29 p.

206 Atlas des divisions de la France, 15 cartes.

207 Plans de combats, batailles, 40 p.

208 Tableaux, cartes, plans de Paris, Nantes, Venise, etc., etc., 52 p.

209 Médailles Napoléon et autres, 33 p.

210 Musée Landon, 395 feuilles séparées.

211 Sujets de l'artiste, etc., 16 p.

212 Eaux-fortes et autres de diverses écoles, 27 p.

213 Paysages, saints gravés et lithographiés, 54 p.

214 Etudes, têtes et paysages, 14 p.

215 Histoire naturelle, oiseaux, paysages, 50 p.

216 Vues et sujets divers, 20 p.

217 Vues de Russie, par Damame Demartrais, eaux-fortes, avant et avec l. l. en noir et en couleur, 74 planches avec texte dont les voitures.

Duchemin	Rabus	M.	O	Henry	P.	Rey
572 50	110 25	98 75	111 75	37 25	39	1 25
		1				
					6	
2 75						
		3 ..				
		4 75				
		5 50				
					2 75	
11 50						
.						
1						
1						
1 50						
1						
1						
5 50						
					1 75	
2						
.						
1						
2 50						
1						
6 50						
610 75		102 50			49 50	

Duchesne	Robur	M.	O	Hervé	P.	Rey
610 75	110 25	112 50	111 75	37 25		1.25
1						
4						
12 50						
1						
1 50						
10 50						
1						
3						
50						
695 25		112 50	111 75			

218 Monument de Pierre Ier et transport du rocher, 1777, 12 planches et texte in-fol.

219 Académie des sciences. Charbonnier, briquetier, chaufournier, 1 vol., planches et texte, in-fol.

220 Description d'un pavé de mosaïque, 22 pl. et texte, geraniologia et autres, costumes du royaume de Naples, environ 10 cahiers.

DESSINS

---

221 **Anonymes.** Tête de jeune fille, joli pastel.

222 — Diane de retour de la chasse, gouache pour éventail, époque Louis XIV.

223 — Portrait de l'abbé Terray, beau dessin au crayon noir.

224 — Prise des forts d'Oye, Saint-Philippe, etc., par M. le comte d'Harcourt et le marquis de Gesvres, entre Gravelines et Calais, en 1642, à la plume lavé goût de Callot.

225 — Architecture, six dessins.

226 **Boivin** (Réné). Cadre monumental à intérieur ovale, de deux compositions différentes d'ornements, superbe dessin à la plume et lavé sur vélin.

227 **Bouchardy** fils. Portraits d'auteurs dramatiques. Aug. Lebras, 1817; Casimir Ménétrier, 1819; Pichat, aut. de Léonidas, 3 dessins au crayon de couleur.

228 **Castiglione**. Troupeau de chèvres, à la plume, lavé à l'encre.

229 **Chaufourier** (J.). Vue du château de Versailles, à la mine de plomb.

230 **Cleve** (Van). Buste de saint Sébastien, dessin à la plume.

231 **Desmaisons**. Dessins pour vignettes de livres, 3 jolies petites pièces.

232 **Duchesne** (J.), 1803. Environ 60 dessins, d'après nature de melons, pastèques, plantes potagères, etc.

233 **Huet** (J.-B.), 1785. Jeune bergère se sauvant des poursuites de l'Amour, — jeune fille poussée par l'Amour à faire voltiger des papillons, 2 charmantes aquarelles très gràcieuses et de la plus grande fraîcheur.

234 — Jeune bergère caressant sa brebis, — autre regardant des tourterelles, 2 dessins aux trois crayons.

235 **Ingouf**. Portrait d'homme de profil, à la mine de plomb.

236 **Natoire** (C.), d'ap. An. Carrache. Groupe de quatre danseurs, à la pierre d'Italie.

237 **Schnetz**, 1838, 2 dessins à la plume.

238 **Watteau**. Etudes de soldats, à la sanguine, 3 contre-épreuves de dessins.

Duchemin	Rabom		Flerin	Rey
695 75	110 25		37 25	
			1 50	
1 50				
1 25				
XIX 50				
6 50				
1				
1 25				
1				
727 75	111 25		38 75	

Durtan	Rey
727 75	1 25
	80
	680
1	
1 25	
3 25	
2 75	
2 25	
1 75	
1 50	
741 00	81 25

239 **Manuscrit** italien très curieux, de 80 pages, contenant 40 grandes lettres ornées avec animaux et autres, de compositions curieuses et pittoresques, 2 alphabets ornés dont un complet, 2 très grandes S curieuses, un alphabet mineur, formé de banderoles avec versets, titres, etc., encadrements, etc.

240 Divers dessins, charges, etc., 14 p.

241 Paysages divers, 15 p.

242 Compositions, sujets divers, 25 p.

243 Bas-reliefs à la plume lavés, 6 p.

244 Etudes au crayon noir et autres, 30 p.

245 Etudes à la sanguine, têtes, pieds, etc., 50 p.

246 Académies d'hommes et femmes à la sanguine, 6 p.

247 Statues à la sanguine, 13 p.

SUPPLÉMENT

Vacation le samedi 22 décembre 1855, à sept heures très précises du soir.

Nombre d'estampes anciennes et modernes seront vendues en lots. Parmi les gravures, Daphnis et Chloé, par Gelée et pendant, Assomption de la Vierge, par Laugier, d'après Poussin ; sujets religieux, par Duthé; Transfiguration, par Thouvenin; Spasimo, par Mauduison, etc. ; Endymion, belle épreuve avant le nuage, etc., etc., dans la manière noire; les chrétiens livrés aux bêtes, Napoléon III et Eugénie, en pied, par Cornillet, Mazeppa, avant et avec la lettre, et pendant; petit bonhomme vit encore, baigneuses de Rioult, dans les lithographies, Permission de dix heures et pendant, Héloïse et Abeilard, Sainte-Famille, d'après Raphaël, par Colette; la Fille bien gardée, Lionnes d'Orient, etc., etc., sujets en noir et en couleur, chasses, fleurs, nature morte, nombre d'ornements, animaux, têtes d'étude de Julien grandes et petites, sujets gracieux anciens et modernes, sujets religieux, vignettes, pièces de la galerie de Versailles, *Artiste*.

Grand nombre de portraits anciens et modernes, gravés et lithographiés, costumes, etc., etc.

Fontaine		150	75
Rousset	25.85	31	25
Loizelet	23.60	98	75
Rosselin	28.55	34	50
O	6.65	8	..
Romain	2.50	3	..
Maillard		1	..

Nombre de cartes géographiques de Paris, France et autres, dont la Guyenne, canal du Languedoc, et autres par Cassini, etc., etc.

Nombre de calligraphies manuscrites et gravée des Barbe d'or, Bertrand, Rossignol et autres célèbres calligraphes.

Dessins d'ornements et d'histoire naturelle.

Maulde et Renou, Imprimeurs de la Compagnie des Commissaires-Priseurs, rue de Rivoli, 144. 30[illegible]3

Reçu de Mr Vignière
28.55 fr à valoir
sur les estampes qu'il
a à me rendre
le 12 Janvier 1846
V Bottelini

22 Xbre 1855

Monsieur Marin Darbel

Total de la Vente	741	00
frais 17 1/2 p. %	129	65
	611	35
papier et ~~[illegible]~~	2	50
	608	85
Bordereau des acquisitions	38	35
f	570	55

Reçu de Mr Vigneron en et pour la somme de cinq cent soixante dix francs 55 cent. le 30 Xbre 1855

J. E. Marin Darbel

a M. Tresse Notaire rue Lepelletier.

Mars

23 Dim. Paques

24 Lundi

25 Mardi

26 Mercredi

27 Jeudi

28 Vendredi

1815	475 40
175	69 05
6575	544.40
9205	~~22 5~~
1215	564-45
230145	
	475 40
	69 5
	544-45

www.ingramcontent.com/pod-product-compliance
Ingram Content Group UK Ltd.
Pitfield, Milton Keynes, MK11 3LW, UK
UKHW021027180726
13838UKWH00004B/1647